想像的遠方

楊佳于 著

詩人簡介：

詩人筆名：楊佳于

詩人本名及相關：1996 年生

靜宜西班牙文／輔仁大學歷史系

擅長領域：歐洲歷史文化

靜宜紙飛機雜誌編輯採訪

耶路撒冷大博爾隨隊吟遊詩人

一位擁有獨特靈魂的新詩人——楊佳于，敦南誠品的黎明是他的日常，詩作是他存在感的來源，熱愛歐洲歷史文化，彷若活在中古世紀的老靈魂，也曾與法國神父一起唱遊耶路撒冷，談到歐洲歷史眼中閃出火花，滔滔萬言不止。他用生命寫詩，部分透過嘗試超現實主義寫作方式所出現的實驗性作品。

輔大歷史系畢業。特別鍾愛歐洲歷史。若不是沈浸在歷史影劇，或閱讀專書。就是在前往美術館、音樂會的路上。偶爾喜歡看著海與天空發呆。最喜歡的音樂家李斯特，沉醉於聆聽，但不會彈奏。

渴望透過寫詩來呈現對於歷史的感動，特別是不同藝術品與詩之間的互動。不論是傳統的古典樂，還是現代的超現實主義作品，都嘗試以詩與之互動交流。

目錄

〈思考與寫詩〉

行走在思想與論述的道路上
猶如猿猴對叫犀象
同時鳥兒互相鳴啾
無數的思緒交互疊加

而
展開詩翼的翅膀
翱翔在聖神的光照中
在兔子洞裡配戴狂歡的帽子
在深海中，向波塞頓投擲標槍
在夜空與星辰共舞
遊行狂野的絮語
漫天的歡呼，亂舞的飛翔
映照在創舞詩寫的恍神
沉入神聖擁抱的舞蹈

〈聆聽舒伯特的藝術歌曲「鱒魚」〉

鱒魚的主題曲，美得觸動我的心。
就像漫遊在生命的川流中，點點滴滴。
清澈而愉悅的漫步舞蹈。
躍起水面，在陽光下閃閃發光。
我的心靈在此顫抖，因著這份美麗的水流，
有點涼快、有點清爽。
向前穿梭，努力擺動著尾鰭。
帶著喜悅歡快的心靈，歌頌著水中與陽光的自由。
享受著一切美麗。

〈超現實主義詩作一〉

像是翱遊天空的痲雀
飛翔在無止境的糖漿夢境
蝮蛇唱歌跳舞與蛋糕熊貓一起分享愉快的下午
我問你看見了嗎？那牆壁在透露著玉米粉與亮片
我知道不見的是消失的副詞，就像高分音符在海中的尖耳
其實只是小花貓在游泳池裡吃茄子炒牛肉
究竟是在那離沉睡呢？碎裂的心與竹筍的春季

〈閱讀卡謬的「薛西弗斯的神話」〉

曾經熟悉的愛人，在身旁劃為陌生的身影
忘卻的幽暗與荒誕的開場白
在此刻，時間在流竄中變異

不再憶起失落的願望
曾經深刻烙印在心痛的期待
逝去的水流和升起的火焰
在荒謬的世界中，推著巨石前行

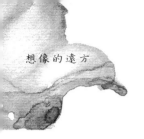

〈聆聽蕭邦的波蘭舞曲「英雄」〉

感受到波蘭翼騎兵向前衝鋒的奔馳，優雅而有力反抗沙俄的霸權。充滿生命的活力，為了自由奮鬥，對抗世界的專制。舞躍般向前英勇革命，帶著奮力和決心，不畏保守的威權壓制，永不止息，向前衝鋒，向前對抗世界的霸道。即使倒下，人民也絕對不會臣服，勢必戰到最後一課，為了自由！為了生活！為了民族！

波蘭翼騎兵，翱翔在戰場上，如同高升的雄鷹，振翅長嘯，呼喊吧！波蘭的人民，為了自由，奮鬥永不停止，戰鬥吧！為了在世界上生活，不要讓專制的枷鎖束縛美麗的心靈，渴望籠外天空的雙翅啊！飛翔，飛翔，粉碎壓迫者的頭顱，戰勝一切威權，戰勝專制的王權！為了自由！為了生命！永不止息！

我聽見了！人民的呼喊，在殘酷的世界，努力生存，為了生活，為了自由。力量，那燃燒著火焰的力量，優雅飄逸如同舞蹈，有力如同獅吼，如同白鷹翱翔，飛越高天。振奮人心的聲響，如同轟雷，向專制者宣告人民的自由將要到來，革命不會停止，為了自由，為了生命。革命的英雄們，永不屈膝的堅毅，自由之火必要燃燒整個世界。

〈太陽〉

光擁抱著溫暖的太陽
舞躍照耀
如牽手和微笑
橘黃的笑容

彈奏喜悅愜意的笑聲
觸摸石牆的純白
覆蓋上輕柔的溫度
微風帶著悠揚的香氣
伴隨甘甜的笑聲
和清閒的歌聲

感覺到什麼？
是充滿暖意的陪伴
清爽的風觸碰我的雙手
像懷中的體溫和枝葉低落的水珠
我知道你在這
像風，像光
涼意而溫暖
休息的感覺。

〈聆聽李斯特改編帕格尼尼的「鐘」〉

花朵盛開在鐘樓的腳邊，聽到徘徊的旋律在雲朵與藍天穿梭，飛鳥在迴旋的音符中舞躍。唱呀！唱呀！旋轉的鈴鐺與塔樓飛快的合音。

廣場中間歡悅慶賀的農民在春天的腳尖暈眩轉圈。天空的鈴聲猶如漫天星宿蔓延在微風中。飛呀！飛呀！無止盡的鐘聲隨風跳躍，從溫徐的春日遨遊到輕柔的冬日。純白如鴿羽的雪花飄散在鐘樓與鈴鐺之中，舞動著，歌唱著。一點一點蓋上冷冽的白紗。與暴風雪共同襲捲夜晚，散落在天空與大地的星辰，共舞著，歡樂歌唱著，風暴的美麗歌聲。

〈遙遠的城市〉

想要到哪裡？
遙遠而沒有名字的城市？
未曾看過，不同於想像的世界
不曾吹拂的風和
不曾觸摸的海

我在那不知名的城市
走在陌生的道路
穿梭在巷弄與街道

遙遠的城市啊！
無法想像的真實
完全而超越
在我所不知的地方
行走與生活
遠方的歌聲

喚醒我，前往那
未來的地圖
現在的想望
你一直陪伴著我，前進

〈渴求著義大利一〉

當我嚮往遙遠的城市
在亞得里亞海旁
充滿歷史的回憶
閃爍烈陽與風聲
藝術、文學、建築、歷史
我渴望遠方的國度
羅馬長久的城郭
共和的聲響
元老院與軍人的對視
伯多祿的權杖
牧靈的中心
當羅馬的王座崩壞
羔羊的寶座立於
天主的僕人之中

喔！遙遠的城市
梅迪奇和他的子嗣
以及那美麗的城市
再次將天主的美貌
昇華變化的才子們
教堂的濕壁畫、著迷的穹頂、象牙白的雕像、平原綠草、
藍海白浪和
長久的記憶

文學是綻放內心靈魂的話語
每個字句、每個建築、每隔畫面
那屬於自然的、屬人文的
我想要到那美麗的境內，一個想像的城市。展露真實的面容
在心之嚮往，幾千年的記憶
我的渴求，我的畏懼
在遠方的遠方
難以想像的真實

喔！義大利！
我心之所向！
喔！羅馬！佛羅倫斯！梵諦岡！威尼斯！
我心所期許的土地
輕柔而溫徐的想像
渴望著現實的衝擊

〈絕望〉

絕望像什麼？
如同黑夜的潮水
吞噬星空和明月
在夢遊的掙扎中
摔落至夜間的路旁
淺淺的溪水
窒息了呼喊的心思
睜開雙眼，
凝視著無窮之遠的夢境
就在喚聲中
感受到，毀壞的城堡
居住著，尚未逝去的童話
猶如腐爛之心
浸淫在絕望的黑潮
起身，邁向下個夢遊
就在苦難的迴廊
無盡心痛的迷宮
徘徊著割裂和夜晚
將死而未死之病

〈太陽雨〉

太陽雨，很美
如同大雪紛飛
陽光照耀在垂落的水滴
閃耀著活水的光明
像是戴著希望的音符
落在天空的呼吸中

發亮的露珠
活水的滴落
透露光明和醫治的來臨
講述著生命的秘密
點亮心中的光芒
隨風舞躍的亮光

光和水
澆灌萌芽的生命
打開前進幸福的門扉
睜開展新的眼光
看著光明照耀的大地

生命，在主的手中復甦
綻放創造的光輝

〈人魚〉

當我看著海洋與天空
交織的畫布
我會想什麼呢？

如果海中的公主
終將化為泡沫
那麼虛構的童話
是為了誰而歌唱
永遠碰不到的王子
為了她而哭嗎？

或是，早就遺忘在風中
如果淚水能匯聚成海
是誰在哭？
失去公主的王子
會悲痛落淚嗎？
化為泡沫的公主
會哀戚而泣嗎？
站立於此的不是童話的幻想

或許，只是心痛的遺憾與失落
是不是有一天
大海也會捲走我

帶我到不曾聽過的故事
優著不存在的歌聲
有著擁抱我的溫柔
有著心中的溫暖
聽海與風的樂曲

我在想什麼？
或許是，遺忘的願望
漸漸昏暗的天空
放下布幕的眼簾
是否能夠有一瞬間
遺忘掉萬有的一切

〈山上的海〉

聽到海的呼喚
舞動的弧線在
海面上畫出雀躍的身姿
天空與海洋徜徉著
述說心中的願望
仰望幸福的遠方
穿越山谷的風
吹拂心中的觸動

感受到
寧靜的安息
遨遊在山稜藍海的
對角線

在心與思緒的水中
樣照朦朧的心情
是渴望的故事？
是想求的未來？
波動的浪潮
點亮了心中的漣漪
真實的答案和明瞭的眼睛都在雲上的聲響之中

〈身在奇美〉

流動著色彩和質感
遠方的光線
發亮的胴體
肌肉的線條
飄逸的絲巾棉布
烏黑的眼珠
和點綴的光點
無數的故事和心意
一頁又一頁

每個畫面
在歷史洪流中穿梭
綻放無限美麗
走在藝術的殿堂
美麗是此處的語言
講述欣賞和觀察
想像的展現
眼目的光彩
心靈的興盛

〈欣賞「賽普爾人的潰敗」〉

四處奔騰的馬匹牛隻
賽普爾人的呼喊
羅馬人的吼叫
揚沙塵土亂舞
長矛刃斧捍衛
生命的掙扎
肌肉軀幹奮勇爭鬥
張開血肉紋理的動感和扭曲

前行前行跌落
日落與朱紅雲朵
潰敗的體幹安息
在大地的棕土

倖存的驚恐倉皇
落日與人群一同綻放剩存的餘暉

消失在史詩的長河
長存在畫框內的世紀

〈欣賞「賽姬甦醒」〉

美麗而迷人
在畫布上舞躍的軀體
魅力與溫和交疊
而成的眼神

皎白如冬雪的外形
點點玫瑰
浪浪捲髮

酒紅的眼眸陰影
美麗地深觸心靈

〈山中的光芒〉

走過的石階
堅實支撐向前的道路
舞動的樹枝
傾流的仰光
在山稜畫下鮮黃的色彩

山林的氣味
樹木的味道
有些畏懼
有些喜悅

感受萬有的美
是聲音，是畫面
是氣味，是溫度

我在寧靜中
在當下，在此時，活在此
現在的光明屬於現在
未來的每個時光
必然有你的光芒
我在這，在你手中

〈聆聽杜卡斯的交響詩「魔法師的學徒」〉

行走在田間小路，高掛的皎潔明月點亮草叢與果樹。矗立在夜晚的中間，遠方的古堡，冉冉上升的迷霧。向前走在月光道路上，靠近陰影布幕中的城堡。拉開喧囂的序幕。

輕輕地展開木笛與琴弦。彈出的水桶，跳出的螢火蟲。舞蹈與旋轉。火光和強風。開始了，震盪與更強的轟隆。喧鬧與吵雜不止的混亂。晃蕩的石牆，雜亂的樓梯間。拿起手套，整理吊燈。

五彩的龍捲風與光芒四射的閣樓，無限地跳躍，搖晃的城堡。漸漸地燃燒起，在橘光的烈焰中，緩緩地剩下了餘燼。

〈盼望〉

感受到了
天空落下的哭聲
無力和溶雪

站在斷掉的橋上
張開眼睛
渴求生命的光亮
那僅剩的幸福
果實落在痛楚的亡土

是心碎在掙扎的
手臂，呼喊著
悲慟的血與眼中的盼望

我在哪？我在哪？
顫抖的心靈
無望哀嚎、悽慘尖叫

受難的十字架
流下的寶血
在那墓穴的此刻
生命必要復活

〈擁抱〉

飛翔的雲朵
像海水擁抱大地時
所展開的笑顏

浪花和泡沫
在湛藍的天空
漂流、遨遊

想望幸福故事
是在遙遠的天空上
或在旭日上升的天際線

光亮與泡沫中的歌聲
閃爍在心的內室
我心的渴望
在你的手中
在祢早已陪伴我的話語
為此，盼望你
以心中的溫暖點亮的每個角落

〈愜意〉

喧囂吵雜
人的字句言語驚嘆
巴薩諾瓦輕柔彈跳

美麗絢麗的環境
午後的陽光
穿越雲朵的圍繞
在玻璃的牆上
站立，停駐

眼前的水池
在太陽白雲之下流向，心靈的長河
在內心和眼目的交界
心中的故事和樂曲
尚未開始演奏？

嘴裡的味道
奶香、鹹肉、濃湯、茶澀
坐著、看著、感受
天空和房屋、遠方山丘、橋與車
心中所想？
感受一切萬有

〈浪花〉

海水的浪潮
如成群的綿羊
湧現白色的夢
雲彩與浪花
交織共舞

天上的光明
傾流在海的夢境
夢與雲堆疊成為潔白的城堡
歡喜的記憶長居在堡內

躺臥在海水的擁抱
夢遊於雲中的道路
像是沉睡而甦醒著

行走在純白的草地
海的白花拍打
我的身軀
在海水的進攻

睜開眼
回到此岸

〈慟哭〉

那是什麼？
無以名狀的悲傷？
慌亂如溺水的孩子
掙扎求生

寂寥向黑夜中的孤星
無人所在的道路
對於陪伴的渴求
想要聽人的聲音
像是牢籠中的狗，飢餓
於愛心與關懷
渴求人的擁抱

焦慮和不安，失去雙臂的孩子
沒辦法擁抱近人
微笑的面具與受傷的心靈
好過
流血的臉、慟哭得尖叫

碎裂而無力的內心
站在山稜與高原
在風中，凝視著
呼吸生命，活著

〈氣息〉

我看見樹與樹之間
牽手的距離
在光線與微風中
展露的城市與人
生活在溫暖光照下

散開的雲像
點點的雪花
躺在天空的懷抱
天使的歌聲
飛翔在花與光之中

人的生活
與直立的花果
是人群安居住之地
看見閃耀的光榮
綻放在人的笑容

願所有字句與
萬有的氣息
都讚美稱頌一切美善
感謝謝所有的美麗

〈安息〉

那湖水
如同悠遊漫步的小鹿
低垂的月光
如同螢火蟲散發著

溫和的觸動
上升的旭日
將湛藍的湖光
轉化為潔白閃耀的光芒
照亮內心的小船

由上而來的光明
在高掛的上弦月
陪伴夜晚的星辰

遨遊在夢境與幻象中
徜徉在睡眠與記憶的深處
靜靜地等待再次來臨的光芒

〈行走〉

感受海的味道
是一種，休息的生命氣味

聽海的聲音
被海風吹拂
看著海浪閃耀的顏色
活水陪伴著光明
陽光灑落在海洋的衣裳
成為亮眼的外表

光與海的樂曲
一同讚美動人的容顏
墨綠的海、青藍的海
如雪地潔白的海
萬有都在舞動歡躍

在大海的外衣上
有著各式各樣的點綴
世間的一切
彼此擁抱存在
高掛的烈陽
照耀所有的一切
大海般的溫情

浸透我
身在其中，行走。

〈超現實主義詩作二〉

鏟子掉在硝煙與罐頭的大腦
聽，是那布建的笑聲
還有跳舞嬉鬧的茄子

站立在貝殼的放空
因為聽不到，只好驚喜地挖洞
再把腐爛的工具箱與掉下來的魚刺
送到脾臟的旁邊
就是冷氣口用來倒車的地方

不見的傳票，呼吸泡沫的肩胛骨
其實化石已經在餐桌擺好了

所以，喀滋把五代麻雀都布置成星星
實際地、好好地，禁止標號
記得要用自排去發音中間
因為演員時常在割草後游泳

〈街道〉

開始，張開耳朵聆聽
鳥鳴、腳步
雨水低落在傘面
像是敲門般清脆

風撥動枝葉
落水，達達踏踏
人聲稀稀疏疏
像風與落葉

悶熱的空氣
刺入街道上的呼吸
吸與呼的聲息
點響燥熱的腳步

雨滴配吹風
腳步配氣息
午後的指針
旋轉在街弄巷道
人們的無語唱出天氣的頑皮

〈回憶阿拉里克〉

越過阿爾卑斯山
越過侮辱和輕蔑

帶著部落們飛翔
在地中海所孕育的強盛回憶
飛騰在綠野和陽光下
阿拉里克，西哥德之王

燃燒古典的榮耀
踩踏那輕視的元老們
劫掠自以為是的羅馬人

聽見了嗎？
高空的獵鷹在巡視著
過去的侮辱
此刻已經陷入火焰的吞噬

衝鋒、舞蹈、戰吼
開啓了，下一個序幕
隨著城市的崩毀
嶄新的勝利浮現在眼前

〈漂流〉

走在驟雨的道路
拖著僅剩的自己
身影在沾濕的淚水中
像是出口消失的迷宮

黑夜接續黑夜
沒有岸邊的湖
看不見方向的身體
湖中的小船與
內心的啜泣
只是在湖面漂流

漂流在雨中的回聲
我的心是殘存的陪伴
落淚的日子或許就是

下雨的背影
無法說出口的
是憂鬱？是寂寞？
是沒有光的日子？
是遺忘的傷心？

〈在〉

把天空放在海上
在海上畫畫
我的心流血的時間
是什麼時候？
找不到出口和方向
無法成就的願望
遙遠而未知的故事
疲累的身心
不知名而無望的幸福

不在，不在
遺忘的希望
落下的天空
無止盡的遠方
虛偽的自己
只能說口的品格
遠方的遠方

還在，還在
還在痛苦著
不見了，
找不到的光明

在海的雲層上
原來是漁船得燈
原來是不能期待的幻覺
開始變暗的
是眼睛的光芒？
是不切實際的期待？
是落下的旭日？
久遠到已死去的心願

不在，不在
不在天空與海面的擁抱
不在雲朵與微風的親吻
不在心願與現實的諷刺
海洋的背後
山間的詢問
我看見心臟震盪
忘卻的痛苦
在嗎？在嗎？
夢中的願望在嗎？

〈滴雨〉

不一樣的美
垂落在黑岩的柏油路

點點滴滴
墜落跳躍
匯聚流失
像是飛翔的遊隼

我感受到
不同於烈陽微風的美
暴雨在城市的路途
跳起激昂的樂譜
像是綻放的舞者
力量和堅實的戰士

雨的心情是什麼？
歡躍的舞蹈？
心碎的墜落

我的聲音，是什麼？
寧靜而溫徐
躺臥在心靈的草地

〈超現實主義詩作三〉

星空掉落麥穗
稻田上也發射了龍捲風
不是在那猴子中間
因為看到了失竊的燈火
白銀不在茶杯中
空氣捏塑成電流的形狀
就像是埃及的鹹水
但是缺乏了辦桌
留下鮭魚和棉花
舉起餅乾加入一點點小提琴
不要畫出米線和口吃
因為竹林少了一些甜味
把氣壓放入寶特瓶
畢竟
最後還是回到了鍋蓋與口紅

〈山谷〉

雲霧繚繞山稜的臉龐
溪水穿梭在樹林山谷

斷岩躺臥在懷抱
枝葉搖曳，日光傾洩
堅實的大理石

感覺像
休息再山谷大地的
擁抱

如同生命的雙臂
美麗好似
伸手觸及的雲朵

心裡的寧靜
人群的溫暖
美麗動人的聖殿在此

微風、岩塊、樹林
文字、話語、心靈
擁抱著我

在一切萬有中
歡欣踴躍

〈幻想曲〉

是什麼，是什麼？
是天空與大地？
是萌芽的玫瑰？
是碎裂的橘紅落日？
是懸吊的白色鯨魚？
是霧氣包圍岩石的裂縫？
是畫框之外的樂曲？
是生長在文學的門扇？

點狀的心
忘記喝水的輪子
掛在海水的爵士樂

聽起來，就像
乾燥熟成的陣雨，配上
玻璃流沙沾濕黑板
筆芯裡面的小丑魚
趕著在遲到時
製作會選轉的煙囪。
想像力與文字共舞
唱出夢中的幻想曲

〈聆聽柴可夫斯基的胡桃鉗組曲〉

聽見木偶在地板的敲擊
跳舞的腳步，
揮動的手腕，
進軍的頭盔，

漫遊的流浪者
湖水上的光點
畫圈與尖石
如同點點冰晶甩落

掉落的空氣
旋轉的花火
飛翔在大地的綠蔭

城堡的牆垛
木門敲響了不見的大鐘
飄散著灰色的煙霧與煤灰

迴旋舞在石牆上綻放
地板震動著
無名的歌曲跳躍在赤紅玫瑰上
不足的水彩挑起小小的人偶
穿梭在藍色布簾和燭火之中

海浪席捲，點低落下
不間斷的旋律
舞蹈在日出之谷

〈呼喊〉

呼喊著
遙遠的夢和失落的故事
想念渴望著
曾經存活過的生活
與那男孩的微笑
我渴望，不知名的故事
美麗和身軀
一份真摯的感情
在那夢中
與我飛翔的夢中

呼喊的願望
期待的生活
是否有一天
能夠在太陽和月光
的歌唱中
化為最美麗的現實
成為生命中溫情的玫瑰
渴望的浪漫與美麗
在不知道的時空

〈遠方的世界〉

有些時候
不知道自己在哪裡
忘卻身在何處
像雲朵遮蔽道路
感覺無奈和疲累

我在哪裡
鮭魚飛翔的星空
寫了什麼
墨水匯聚成為
海洋的前夕
我所渴望的、期盼的
看不清楚的朦朧
我飲下山谷清泉
乘著生命的方舟

我在哪裡
心中破裂的紋理
生命和心痛
是無名的記憶嗎？
無盡的雨水
無光的永夜
是哭泣的時候？

遠方的幻想，編織
不知名的故事

在想什麼？渴望什麼？
所想的，或許是
全然的空白
沒有色彩的畫布
沒有枝葉的木林
沒有綠洲的沙漠

或許，遠方的世界
流逝的砂礫
故事接續著
故事，未完的生命
終有
展現色彩的一日

〈思念〉

一些淚水
一些想念
一些渴望
像是呼求
尚未完成的願望
那所思念的男孩

是哭泣在岸邊的
砂礫
靜靜地躺臥
沖刷的浪潮
一點一點的哀傷
在對面的
鏡中，飛翔
聲音迴盪徜徉
於天和地的交織

是不是，願望
一份擁抱，一份擁抱
交疊的心
攀上僅剩的溫柔
微笑的淚眼，在哪

〈悅〉

憶起日暮今日
追尋下沉橘珠
遊走磚瓦石道
猶如浪客逐日
逍遙自得其樂
遨遊心靈美景
身處喧囂亂流
但願雙目清澈
望遠享見光輝
心澄神靜如風畫飛

這是何等樂事
能行走在美麗的畫中
在赭色的天空幻境
心靈歡欣
思緒飛翔
在一切之中，樂於天地

〈印度〉

香氣帶著辛辣點綴
草原的微風吹拂
茶葉開展的大地
奶香流竄

身在寧靜午後
安棲在音符纏繞
寫著什麼？
是感受的映照
是水波的倒影
是內心誠摯的渴望

舞動在
內心和天際的交錯
層層堆列綿密
徐徐蔓延飛越
睜開心靈感受

是不是，
微風、滴水、照耀
或是，迷惘、困惑
雙眼照映出的是，暫且確信

〈致金星〉

閃耀的雙眼與深刻的旋律
美麗而動人
強烈而迷人
飛舞的身軀
飄逸的金黃
猶如夕陽下的麥穗

歌聲與動感
引領走入另一個世界
美麗的少年
擁抱內心的炙火
彷彿湖中的天鵝

閃爍著發光的眼目
觸動著無數心弦
願那無止盡的美麗與善良
長久保存於飛舞劃過的光芒

想像的遠方

作　　者　楊佳于
發 行 人　張輝潭
出　　版　樹人出版
　　　　　412台中市大里區科技路1號8樓之2（台中軟體園區）
　　　　　出版專線：（04）2496-5995　　傳真：（04）2496-9901
專案主編　陳婕婷
出版編印　林榮威、陳逸儒、黃麗穎、水邊、陳婕婷、李婕
設計創意　張禮南、何佳諠
經紀企劃　張輝潭、徐錦淳、廖書湘
經銷推廣　李莉吟、莊博亞、劉育姍、林政泓
行銷宣傳　黃姿虹、沈若瑜
營運管理　林金郎、曾千熏
經銷代理　白象文化事業有限公司
　　　　　401台中市東區和平街228巷44號（經銷部）
　　　　　購書專線：（04）2220-8589　　傳真：（04）2220-8505
印　　刷　百通科技股份有限公司
初版一刷　2022 年 12 月
定　　價　180 元

國家圖書館出版品預行編目資料

想像的遠方／楊佳于著.　─初版.─臺中市：樹人出版，2022.12
ISBN 978-626-96763-0-9（平裝）

863.51　　111017347